Der Bücherbär Buntes Leseabenteuer

Patricia Schröder
wurde 1960 in Nordenham geboren und lebt mit ihrer Familie auf Eiderstedt. Sie hat Produktdesign studiert und arbeitet als freie Autorin und Feng-Shui-Beraterin und leitet Meditationsseminare. Sie hat inzwischen schon mehrere Kinder- und Jugendbücher veröffentlicht.
Bei der Edition Bücherbär bzw. im Arena Verlag sind von ihr unter anderem erschienen:
Bezaubernde Violetta – Tom und die Flaschengeister
Beste Freundin, blöde Kuh
Lieblingsfreundin – Mega-Zoff
Riesenterz mit Schwesterherz

Karin Schliehe, geboren 1964, und **Bernhard Mark,** geboren 1951, sind beide Grafik-Designer und haben inzwischen schon viele Kinder- und Bilderbücher, Kalender und Spiele für unterschiedliche Verlage gemeinsam illustriert.
Sie leben und arbeiten in Reutlingen.

Patricia Schröder

Bezaubernde Violetta

Das Geheimnis des Geisterspiegels

Mit Bildern von
Karin Schliehe und Bernhard Mark

EDITION BÜCHERBÄR

In neuer Rechtschreibung

1. Auflage 2004

Einbandillustration von Karin Schliehe und Bernhard Mark

Gesamtherstellung: westermann druck Braunschweig
ISBN 3-401-08268-X

Inhalt

Fischsuppe	12
Freie Auswahl	24
Eine Begegnung der besonderen Art	31
Ausflugspläne	39
Risse im Glas	45
Ein Zeichen im Dunkeln	53
Ein Sturz in die Tiefe . . .	61
. . . und ein Zeichen mit Bedeutung	68
Sieg oder Niederlage?	80
Ein Geheimnis wird gelüftet	91

Violetta

Violetta ist ein Flaschengeistmädchen. Sie lebt in einem gläsernen Schloss in der Geisterwelt, trägt ein besonderes Amulett und kann mit Gedankenkraft Dinge bewegen.

Engelherz ist Violettas bester Freund. Zusammen übertreten sie die Regeln der Geisterwelt, zusammen gehen sie durch dick und dünn. Eines Tages machen die beiden eine furchtbare Entdeckung und da wird es für Engelherz verdammt eng.

Engelherz

TOM

Tom ist ein echter Menschenjunge. Er lebt allein mit seinem Vater, interessiert sich mächtig für Aliens. Fühlt sich gegenüber seinen fiesen Klassenkameraden allerdings ziemlich ohnmächtig.

Madame Flaxa

Sir Klunkex

Leo Naddo

Madame Flaxa, Sir Klunkex und **Leo Naddo** sind erwachsene Geister. Jeder einzelne von ihnen weiß etwas, wovon die anderen keine Ahnung haben. Und alles hat auf irgendeine besondere Weise mit dem Schattenmann zu tun.

Fischsuppe

Als Tom die Augen aufschlug, war es bereits taghell. Es kam ihm so vor, als ob er eine Ewigkeit geschlafen hatte. Und trotzdem fühlte er sich nicht richtig ausgeruht.

Er gähnte und streckte sich gründlich und schlug dann die Decke zurück, um sich aufzusetzen. Da merkte er, dass er nicht allein im Zimmer war. In einer feinen Rauchschwade über seinem Schreibtisch schwebte ein alter, graugesichtiger Geist und starrte ihn mit großen Augen an.

»Wer bist du?«, rief Tom erschrocken.

»Hast du das etwa schon vergessen?«, fragte eine wohl bekannte Mädchenstimme und jetzt entdeckte Tom auch Violetta.

Das Flaschengeistmädchen mit den großen lilafarbenen Augen hatte die Beine untergeschlagen und saß in einer Reihe mit Engelherz und dem kleinen Mummo einfach so in der Luft über Toms Aquarium.

Tom senkte den Kopf. »Nein«, murmelte er. »Natürlich nicht. Ich dachte bloß, ich hätte das alles nur geträumt.«

»Ha«, erwiderte Violetta. »Damit versucht ihr Menschen euch immer wieder herauszureden.«

»Quatsch!«, brummte Tom.

Er war ziemlich verwirrt. Das, was er in den letzten Tagen erlebt hatte, war schließlich alles andere als normal. Okay – Violetta lebte ja nun schon seit einer ganzen Weile bei ihm. Und am Anfang war alles auch noch ganz prima gewesen. Sie hatte sein Zimmer aufgeräumt, ihm bei den Matheaufgaben geholfen und ihn immer wieder vor Marios und Philipps fiesen Attacken gerettet. Doch dann war Engelherz gekommen, der Tom offenbar nicht leiden konnte, und seit gestern hockten nun auch noch Mummo und Leo Naddo in seinem Zimmer.

Gemeinsam hatten sie Tom die Ohren voll gefaselt und ellenlang von ihrem Zuhause, dem Glasschloss im Geisterreich, erzählt. Und sie hatten von diesem Schattenmann berichtet, der sie alle bedrohte und den seltsamen Spiegel Lemuros zerstören wollte, der die Erde und das Geisterreich voneinander trennte. Angeblich sollte der Schattenmann auch schon mal selbst auf der Erde gewesen sein …

Tom schüttelte den Kopf. Er wusste nicht mehr, was er glauben sollte und was nicht.

»He, jetzt sag doch endlich mal was«, forderte ihn Violetta auf, die inzwischen auf ihn zugeschwebt war. »Oder weißt du etwa nicht mehr, was Leo Naddo gestern gesagt hat?«

»Doch, schon«, murmelte Tom.

Lieber wäre es ihm nämlich gewesen, der alte, graugesichtige Geist hätte es für sich behalten. Seine Worte titschten Tom immer noch durch die Gehörgänge.

Der Umstand, dass wir überhaupt hier auf der Erde gelandet sind, beweist nämlich, dass der Spiegel Lemuros noch funktioniert, hatte Leo Naddo gesagt. *Denn nur durch ihn können wir zwischen diesen beiden Welten hin- und herwandern.* Danach hatte er Tom mit ultra intensivem Blick angeschaut und zu dessem großen Schrecken hinzugefügt: *Vielleicht bist du ja der Schlüssel zu dem Geheimnis . . . Du und deine Wünsche.*

»A-aber w-was soll ich mir denn überhaupt wünschen?«, stotterte Tom.

»Am besten, dass wir alle frei sind«, schlug Violetta vor.

Engelherz nickte. Seine strahlend

blauen Augen funkelten mit seinen flammend roten Haaren um die Wette.

»Und dass der Schattenmann aus unserem Glasschloss verschwindet, dass Susa wieder normal wird und Sir Konzelius Klunkex wieder auftaucht.«

»Aber das ist völlig unmöglich«, warf Leo Naddo ein. »Tom kann sich doch nur etwas wünschen, das wir ihm erfüllen können.«

»Na, dann soll er uns eben den Auftrag geben, das Geisterreich zu befreien!«, rief Engelherz.

Leo Naddo schüttelte traurig den Kopf. »So einfach, wie du dir das vorstellst, ist es nicht. Und gefährlich obendrein.«

»Außerdem«, sagte Tom und verschränkte die Arme, »außerdem wünsche ich mir das nicht. Erstens habe ich überhaupt keine Ahnung, wer diese Susa oder dieser Klunkertyp sind, und zweitens brauche ich euch noch.«

Besonders Violetta wollte er um keinen Preis der Welt wieder hergeben. Es war so praktisch, jeden Wunsch erfüllt zu bekommen, und irgendwie mochte er sie auch.

Leo Naddo kreiselte einige Male um den Hals seiner Schnörkelflasche herum. Weil das Ende seiner Rauchfahne dabei in der Öffnung stecken blieb, sah es so aus, als ob er mit seinem ganzen Körper eine Weinflasche entkorken wollte.

»Ich habe befürchtet, dass du so reagieren würdest«, seufzte er. »Alle Menschen, die in den Besitz eines Flaschengeistes gelangen, werden mit der Zeit ichsüchtig. Sie denken nur noch an sich.«

»Aber das ist doch nicht wahr!«, rief Tom empört. »Ich bin ganz sicher, dass es auch für euch das Beste ist, wenn ihr hier bei mir auf der Erde bleibt. Euer Glasschloss ist bestimmt schon längst zerstört.«

»Das ist nicht gesagt«, erwiderte Leo Naddo. »Solange der Spiegel Lemuros noch existiert, besteht auch noch Hoffnung für unser Heim. Aber das scheint dich ja nicht zu interessieren.«

»Ach . . .« Tom machte eine abwiegelnde Handbewegung. »Ich wette, die ganze Geschichte ist ohnehin frei erfunden. Ihr habt sie euch doch bloß ausgedacht, damit ich euch freilasse.« Er tockte sich gegen die Stirn. »Aber ich bin ja nicht plemplem. Wer soll mir denn helfen, wenn Mario und Philipp das nächste Mal über mich herfallen?«

»Ich finde, du könntest dich auch mal selber wehren«,

brummte Engelherz. Was dieses getupfte Menschengesicht anging, war er mittlerweile am Ende seines Geduldsfadens angelangt. Auch Violetta fand das, was Tom da so von sich gab, absolut ungeheuerlich. Niemals, in ihrem ganzen Geisterleben nicht, würde sie Lügen über das Glassschloss verbreiten. Ihr Zuhause war etwas ganz Besonderes, und das würde sie nie-niemals in den Schmutz ziehen. Vor Wut ließ sie sich kopfüber in Toms Aquarium fallen und verschlang innerhalb weniger Sekunden die Hälfte seines gesamten Guppy-Bestandes.

»Bist du denn völlig durchgeknallt!«, schrie Tom entsetzt. Er sprang auf Violetta zu, wollte sie am Fuß packen und aus dem Aquarium ziehen. Aber natürlich griff er wie immer durch sie hindurch.

»So eine verdammte Kacke!«, brüllte Tom.

»Splirrenpupe«, korrigierte ihn Engelherz. »Wir sagen Splirrenpupe dazu. Ich finde, das hört sich tausendmal besser an.«

»Ach du ... du ...« Toms Stimme überschlug sich fast. »Violetta, komm sofort aus dem Aquarium!«, kreischte er.

Das Geistermädchen paddelte wie verrückt mit den Armen. Sie machte eine Rolle vorwärts, dann schoss ihr Kopf aus dem Wasser und eine Welle schwappte über den Rand des Aquariums. Zwei Guppys landeten auf dem Teppich und zappelten mit ihren bunten Schwanzflossen.

Tom blickte Engelherz scharf an. »Sofort aufheben und zurück ins Aquarium mit ihnen.«

Engelherz wollte protestieren, aber er spürte, dass es zwecklos war. Er musste tun, was der Menschenjunge ihm befahl.

»Und du spuckst gefälligst alle Fische wieder aus!«, schnauzte er Violetta an.

»Das geht nicht«, erwiderte sie frech und strich sich über den Bauch. »Ich habe sie komplett heruntergeschluckt.«

»Willst du mich veräppeln?«, knurrte Tom. »Du weißt doch genau, dass du tun musst, was ich dir befehle.«

Doch Violetta kniff ihre Lippen fest zusammen und schüttelte energisch den Kopf.

»Jetzt mach schon!«, rief Tom wütend. »Oder denkst du, die können ewig in deinem Bauch herumschwimmen?«

»Du bist ja vielleicht total besplirrt«, brummte Violetta

und tippte sich an die Stirn. »In meinem Bauch ist doch kein Planschbecken!«
Du lieber Himmel! Wie lange wollte dieses Geistermädchen denn noch mit ihm diskutieren! Wenn sie nicht bald machte, was Tom von ihr verlangte, konnte er seine Fische nur noch beerdigen. Hilflos schaute er sie an und überlegte, was er tun sollte.
Unterdessen wurden Violettas Augen größer und größer. Plötzlich sauste sie auf das Aquarium zu, beugte sich über den Rand und spie sämtliche Guppys ins Wasser zurück. Die kleinen Fische wirbelten durchs Wasser wie die Raketen und kamen überhaupt nicht mehr zur Ruhe. Auch das Wasser gurgelte und blubberte wie verrückt und schwappte in kleinen Wellen über den Rand.
Entsetzt verfolgte Tom das Schauspiel.
»Was hast du mit ihnen gemacht?«, fuhr er Violetta an.
»Nichts. Überhaupt nichts«, stöhnte sie leise.
»Sie hat die Zischerlinge mit ausgespuckt«, sagte Leo Naddo.
»Die Zischerlinge?«, entgegnete Engelherz verwundert. »Aber sie hat doch seit Ewigkeiten keine mehr gegessen.«

Allein beim Gedanken an ihre gemeinsame Lieblingsspeise *Verwirbelte Zischerlinge mit Spiralnektar* lief ihm das Wasser im Mund zusammen. Aber wie es im Moment aussah, würde er so etwas Köstliches nie wieder bekommen.
»Es spielt keine Rolle, wie lange es her ist«, erklärte Leo Naddo. »Winzige Reste davon bleiben in unseren Eingeweiden. Schließlich ist diese Speise unser Lebensquell.«

Freie Auswahl

Nachdem das Aquarium eine gute Stunde später wieder zur Ruhe gekommen war, ließ Tom sich auf seinen Schreibtischstuhl fallen.

Engelherz wollte ihn an der Schulter packen und ihn schütteln, aber er griff einfach durch ihn hindurch. »Verdammt noch mal!«, fluchte er. »Jetzt wünsch dir endlich was!«

»Hab ich doch schon«, sagte Tom.

Engelherz schüttelte den Kopf.

»Was denn, bitte schön?«

»Na, dass Violetta die Guppys wieder ausspuckt.«

»Diesen Blödsinn mein ich doch gar nicht«, erwiderte Engelherz wütend. »Du sollst dir etwas wünschen, was uns und dem Glasschloss hilft.«

Tom zuckte die Achseln. »Vergiss es«, brummte er, nahm seine Armbanduhr vom Nachttisch und band sie sich ums Handgelenk. »Ich gehe jetzt erst mal frühstücken.«

Er stand auf, öffnete die Zimmertür und lief zielstrebig auf die Küche zu.
Violetta, Engelherz, Mummo und Leo Naddo schauten ihm fassungslos hinterher. Kopfschüttelnd verzogen sie sich in eine Zimmerecke.
»Verbrauste Splirrenpupe!«, knurrte Engelherz. »Wir müssen was tun. Und zwar schnell.«
»Aber was denn?«, krächzte Mummo, der kleine Geisterjunge. »Ich will jedenfalls nicht ins Glasschloss zurück.«
»Das kann ich verstehen«, sagte Leo Naddo. »Und ich würde es auch niemals erlauben. Andererseits . . .« Er zögerte, bevor er weitersprach. »Ich fürchte, hier sind wir nun auch nicht sicher.«
»Wie kommst du darauf?«, fuhr Engelherz den alten Geist an.
»Nun ja«, erwiderte Leo Naddo gedehnt. »Nach allem, was wir von ihm wissen, ist der Schattenmann Violetta bis auf die Erde gefolgt. Er will uns alle vernichten.«
»Aber wieso?«, stammelte Engelherz. »Was können wir ihm schon anhaben? Reicht es ihm nicht, der Herrscher über das Glasschloss zu sein?«

Leo Naddo schüttelte den Kopf. »Nein, dafür weiß ich zu viel über die Gesetze des Geisterreichs und du und Violetta . . .« Er stockte und schien zu überlegen, ob er wirklich weitersprechen sollte.

»Was?«, rief Engelherz ungeduldig. »Was ist mit mir und Violetta?«

»Ach nichts«, entgegnete Leo Naddo. »Es ist ohnehin nur eine Vermutung. Vielleicht auch nur eine Hoffnung.«

»Geisterfurz noch mal, jetzt rede schon!«, schrie Engelherz so laut, dass Mummo vor Schreck einen Satz zurückmachte und für einen kurzen Augenblick in die Zimmerwand eintauchte.

Leo Naddo machte eine abwinkende Handbewegung. »Später vielleicht. Jetzt müssen wir erst mal diesen störrischen Menschenjungen dazu bringen, uns zu helfen. Wahrscheinlich ist er unsere einzige Rettung. Ich fürchte allerdings . . .«

»Was?«, fragte Violetta aufgeregt.

Der alte Geist senkte den Kopf. »Ich fürchte«, wiederholte er, »dass die dunklen Absichten des Schattenmanns sich bereits in sein Herz geschlichen haben.«

Wie Recht Leo Naddo mit seiner Vermutung hatte, merkten die vier Flaschengeister eine halbe Stunde später, als Tom endlich mit schokoladenverschmierten Mundwinkeln ins Zimmer zurückkehrte.
»Lasst mich bloß mit eurem dämlichen Glasschloss in Ruhe!«, fauchte er sie an. »Damit könnt ihr mir gestohlen bleiben.«
Lieber Himmel, was war der eklig geworden, dachte Engelherz. So richtig gut leiden hatte er den Menschenjungen ja noch nie können. Aber bisher war Tom wenigstens immer freundlich gewesen und hatte ihnen zugehört. Seit ihrem letzten Abenteuer war er allerdings wie verwandelt. So, als ob irgendetwas Gemeines von ihm Besitz ergriffen hätte . . .
»Verdammt noch mal, Violetta und ich haben dir den Hals gerettet!«, schrie Engelherz wütend. »Wer weiß, was Mario und Philipp mit dir gemacht hätten, wenn wir dir nicht immer wieder geholfen hätten.«
Tom zuckte gelangweilt die Schultern und ließ sich auf seinen Stuhl fallen.
»Wenn der Schattenmann uns kriegt, werden wir dir nie wieder zu Diensten sein können, also wünsch dir lieber

jetzt etwas, bevor es zu spät ist«, sagte Leo Naddo und heftete seine Blicke auf Toms Rücken, so als ob er ihn hypnotisieren wollte. »Du musst doch einen Wunsch haben, Junge«, flüsterte er nun verführerisch. »Irgendetwas, das du schon immer gerne haben wolltest.«

»Oh ja«, murmelte Tom. »Engelherz soll mir einen Hund beschaffen. Und eine Katze. Ein neues Fahrrad. Und eins dieser coolen Kickboards . . . Außerdem könnte ich ein paar Zubehörteile für meine Carrera-Bahn gebrauchen.«

»Ein Fahrrad?«, rief Leo Naddo. »Zubehörteile? Ein Hund? Aber damit hilfst du *uns* doch nicht weiter. Versuch es noch mal, Tom! Um des lieben Geisterhimmels willen, wünsch dir was von Violetta!«

Tom gähnte herzhaft und kratzte sich am Kopf.

»Von Violetta?«, murmelte er. »Na, meinetwegen . . . Sie soll mir die Obstschale aus dem Wohnzimmer holen.«

Eine Begegnung der besonderen Art

Kaum hatte Tom seinen Wunsch ausgesprochen, schwebte Violetta wie in Zeitlupe auf die Zimmertür zu.
Sie gähnte und räkelte sich und strich sich mit den Händen über den Bauch. »Irgendwie hab ich einen verdammten Hunger«, murmelte sie. »Ich glaube, ich bin viel zu schwach, um diesen Obstkram zu holen.«
»Ich habe auf jeden Fall eine ganze Menge zu erledigen«, brummte Engelherz missmutig. »Wenn dieser komische Mensch da . . .«, er deutete auf Tom, »noch mehr solcher absonderlichen Wünsche hat, wird es schon bald verdammt eng in dieser Bude hier sein.«
Leo Naddo seufzte. Dann schaute er Violetta an. »Deine Müdigkeit hängt damit zusammen, dass du vorhin so viele Zischerlinge ausgespuckt hast«, erklärte er ihr. »Aber keine Angst, das ist nur eine vorübergehende Schwäche. Bald wirst du dich wieder besser fühlen.«
»Ich muss mich allerdings auch erst noch mal ein wenig fit

machen«, tönte Engelherz. Er hüpfte einige Male zwischen Boden und Zimmerdecke auf und ab, machte ein paar Kniebeugen und Liegestütze und beendete sein Trainingsprogramm schließlich mit einem fünfundvierzigfachen Salto über Toms Bett.

Violetta verdrehte die Augen, öffnete die Zimmertür, tappte in den Flur und kratzte sich am Hals. Hm? – Wo war denn noch mal gleich diese komische Obstschale?

Ach ja – jetzt erinnerte sie sich. Das Ding stand im Wohnzimmer auf der kleinen Kommode neben dem Sofa. Zielstrebig spazierte Violetta hinein. Herr Siebeneiner, Toms Vater, stand auf einer kleinen Trittleiter und fuchtelte mit einem bunten Staubwedel in den Zimmerecken herum. Ohne ihn weiter zu beachten, visierte Violetta die Kommode an, griff sich die Obstschale und flitzte damit in Toms Zimmer zurück.

Unterdessen hatte Engelherz das Haus verlassen und hielt unten auf der Straße nach Toms gewünschten Sachen Ausschau. Die Worte des Menschenjungen geisterten noch immer durch seine Gehörgänge: *Engelherz soll mir einen Hund beschaffen. Und eine Katze. Ein neues Fahrrad. Und eins dieser coolen Kickboards ... Außerdem könnte ich ein paar Zubehörteile für meine Carrera-Bahn gebrauchen.*

Mannomann! Bescheidenheit zeichnete diese Menschen ja nicht gerade aus. Zornig ballte Engelherz die Fäuste und machte sich auf den Weg zum nächsten Kaufhaus.

Er überquerte eine vierspurige Straße und war bereits drauf und dran, durch die Autos hindurchzugehen, da fiel ihm zum Glück noch rechtzeitig ein, dass alle Dinge auf der Erde greifbar für ihn wurden, sobald er mit einem Auftrag unterwegs war. Und so sprang er im allerletzten Moment einem kleinen roten Auto aus dem Weg, bevor es ihn mit seiner Stoßstange am Hosenbein erfassen und mit sich fortreißen konnte.

In seiner ungeheuren Wut auf Tom wusste Engelherz gar nicht so recht, was er als Erstes beschaffen sollte: dieses bescheuerte Kickboard, die blöden Carrera-Teile, eine dieser miauenden Kratzbestien, die die Menschen so niedlich fanden, oder ...

Plötzlich fiel ihm ein grobschlächtiger Mann ins Auge, der einen kleinen grauen Hund an einem Strick hinter sich herzog. Der Hund stemmte sich mich aller Kraft gegen die Leine und jaulte erbärmlich. Engelherz fackelte nicht lange. Er rannte dem Mann hinterher, riss ihm kurzerhand den Strick aus der Hand und lief mit dem Hund auf dem Arm weiter in Richtung Kaufhaus.

»He, du kleiner stinkender Köter!«, schrie der Mann. Er drehte sich um die eigene Achse und blickte sich suchend um. »Was fällt dir ein einfach abzuhauen! Pass bloß auf, wenn ich dich kriege!«

Kriegst du aber nicht, dachte Engelherz und drückte den Hund schützend gegen seine Brust. Von Violetta wusste er, dass alles, was einer der Geister an sich nahm, genauso unsichtbar wurde wie sie selbst.

Nach wenigen Minuten erreichte er das Kaufhaus, wo er mit Schnuffi unterm Arm in die Sport- und Spielzeugabteilung im dritten Stock hinauffuhr. Dort stapelte er sich zwei Kartons mit Rennbahnzubehörteilen auf den Kopf, schnappte sich ein Kickboard, brauste wieder ins Erdgeschoss und hinaus auf die Straße.

Nun fehlte nur noch die Katze.

Engelherz blickte sich um. Vielleicht sollte er es mal in diesem Tiergeschäft, das dort schräg gegenüber lag, versuchen. Da bemerkte er plötzlich einen Mann, der einen langen grünen Umhang mit einem gelben Kragen trug. – Sir Konzelius Klunkex! Er gehörte zu den Lehrern und Betreuern im Glasschloss, und an dem Tag, als der Schattenmann sich ins Schloss eingeschlichen hatte, war er spurlos verschwunden.

»Sir!« Engelherz hob die Hand und rannte auf Konzelius Klunkex zu. »Was machen Sie denn hier?«

»Ich bin auf der Suche nach dir und Violetta«, erwiderte der Geist und lächelte.

Irgendetwas war eigenartig an ihm, fand Engelherz. Sir Klunkex' Lächeln war irgendwie mechanisch und seine Stimme klang wie die eines Roboters. Außerdem war die Luft um ihn herum seltsam kalt. Der kleine graue Hund fing wie ein Verrückter an zu kläffen. Doch das irritierte Engelherz nur kurz. Seine Freude, den so lange vermissten Betreuer endlich wiederzusehen, war einfach zu groß.

»Wir wollen unbedingt ins Glasschloss zurück.« Engelherz senkte den Kopf. »Wenn das überhaupt noch möglich ist – nach allem, was passiert ist.«

»Aber natürlich«, erwiderte Konzelius Klunkex. Seine Augen funkelten merkwürdig irre, als er weitersprach. »Ihr müsst sogar zurück. Denn ihr seid unsere einzige Hoffnung. Nur Violetta und du, ihr könnt das Geisterreich jetzt noch retten.«
»Wir?«, fragte Engelherz tonlos. »Aber wieso denn ausgerechnet wir?«
Sir Klunkex streckte ihm seine Hand entgegen. »Das erkläre ich dir, sobald wir wieder daheim sind.«
»Aber, ich . . . ich . . .«, begann Engelherz zu stottern. »Ich bin noch nicht fertig mit meiner Wunscherfüllung.« Er deutete auf die Sachen, die er bisher ergattert hatte. »Es fehlt noch die Katze für Tom.«
Konzelius Klunkex lächelte immer noch. – Als ob ihn jemand darauf programmiert hätte, durchfuhr es Engelherz. Doch auch diesen Gedanken wischte er blitzschnell zur Seite. Zu groß war seine Sehnsucht nach dem Glasschloss. Und wenn es tatsächlich eine Möglichkeit gab, dort wieder in Frieden leben zu können, dann wollte er jede Chance nutzen.
»Umso besser«, sagte Sir Klunkex. »Solange du einen Wunsch noch nicht fertig erfüllt hast, kannst du dir eine

kleine Pause gönnen. Was spricht also dagegen, sie in deiner Heimat zu verbringen?«

Nichts, dachte Engelherz. Rein gar nichts.

»Und was ist mit Violetta?«, fragte er noch.

»Die holen wir später.«

Engelherz lächelte selig. Irgendwie war er wie benebelt. Die Kälte von Sir Klunkex hatte ihn umfasst und machte ihn seltsam willenlos. Wie in Trance ließ er das Kickboard und die Carrera-Bahn-Teile hinter einen Mauervorsprung gleiten und band den Strick des kleinen Hundes gleich daneben um einen Baumstamm. Dann erfasste er die ausgestreckte Hand seines Betreuers und im selben Augenblick, als ihre Finger sich berührten, wurde es nachtschwarz um sie herum. Und dann wurde Engelherz fortgerissen, immer weiter in eine unendliche Tiefe hinein.

Ausflugspläne

Fassungslos starrte Herr Siebeneiner auf die riesige Obstschale, die sein Sohn auf den Knien balancierte. Tom hockte im Schneidersitz auf seinem Bett und hielt eine große Rebe voller praller blauer Weintrauben über seinen weit geöffneten Mund.

»Was machst du denn da?«, stieß er hervor.

»Essen«, erwiderte Tom, biss die unterste Traube ab und grinste seinen Vater kauend an.

»Das sehe ich«, erwiderte Herr Siebeneiner.

Tom grinste. »Warum fragst du dann so blöd?«

Die Frechheit seines Sohnes verschlug Herrn Siebeneiner die Sprache.

»Was fällt dir ein gleich die ganze Schale in dein Zimmer zu holen?«, donnerte er schließlich los.

»Das war ich nicht«, erwiderte Tom. »Das war Violetta.«

»Violetta?«, brüllte sein Vater. »Erzähl mir doch nichts. Wer zum Teufel soll das denn sein?«

»Einer meiner Flaschengeister«, sagte Tom und biss eine weitere Traube ab.
»Einer deiner . . .?« Herr Siebeneiner wurde bleich. Aber das hielt nur für ein paar Sekunden. Dann stieg ihm die Zornesröte ins Gesicht. »Himmel noch mal! Erzähl mir nicht solche Märchen. Flaschengeister gibt es nicht. Und jetzt bringst du die Schale sofort ins Wohnzimmer zurück.«
Tom schüttelte den Kopf. »Aber ich brauche das Obst doch noch für morgen.«
»Für morgen?« Sein Vater kratzte sich am Kopf. »Was ist denn morgen?«
»Der Schulausflug«, sagte Tom. »Und Frau Mittenbach meinte, wir sollen jede Menge Vitamine mitnehmen.«
Herr Siebeneiner schüttelte den Kopf. Den Ausflug hatte er vollkommen vergessen. »Nun ja dann, also gut«, stammelte er. »Pack ein, was du brauchst, und stell die Schale anschließend bitte auf die Kommode zurück.«
Er nickte seinem Sohn noch einmal zu und schob sich langsam aus dem Zimmer.
»Das hat sich schon besser angehört«, sagte Tom und griente Violetta, Leo Naddo und Mummo an. »Väter müs-

sen höflich sein. Immerhin sind sie die Vorbilder für ihre Kinder.«

Violetta betrachtete Tom zweifelnd. Er hatte sich wahrlich ziemlich verändert. Ein richtiges Ekelpaket war aus ihm geworden.

»Und was ist das für ein Ausflug morgen?«, fragte sie.

Tom zupfte ein paar Trauben ab und stopfte sie sich alle auf einmal in den Mund. »Schulausflug«, nuschelte er. »Die 3a und die 5b fahren zusammen ins Gattertal.«

Traubensaft quoll ihm aus den Mundwinkeln, rann in zwei Strömen an seinem Kinn entlang und tropfte auf die Bettdecke.

»Mist!«, fluchte er. »In so einer Klebmasse kann ich heute Nacht unmöglich schlafen. Los, Violetta, bezieh sofort mein Bett neu!«

Violetta stöhnte, aber natürlich tat sie, was Tom ihr befohlen hatte. Was blieb ihr auch anderes übrig?

»Warum ist Tom bloß so gemein?«, fragte Mummo wütend. Tränen traten in seine Augen. »Am liebsten würde ich diesen Tom für immer und ewig zu den Sternen schießen.«

Leo Naddo schüttelte den Kopf. »Dieser Menschenjunge

kann überhaupt nichts dafür«, sagte er rau. »Der Fehler liegt ganz allein bei uns. Wir haben die neuen Spiegelwächter nicht rechtzeitig zu ihren Plätzen geschickt, weil wir den Eindruck hatten, dass sie noch ein wenig zu jung waren. Und jetzt ist es womöglich für uns alle zu spät.« Traurig blickte er zu Toms Zimmertür hinüber. »Vielleicht hat Engelherz ja einen Weg gefunden, ins Glasschloss zurückzukehren. Aber wie auch immer, ich mache mir große Sorgen um ihn.«

Violetta schluckte. Sie sah Leo Naddos tiefe Verzweiflung und Mummos Tränen, die wie an einer Kette aufgezogen über seine runden Wangen kullerten. Beides zusammen war kaum zu ertragen. Natürlich machte auch sie sich Sorgen um Engelherz. Eigentlich hätte er längst zurück sein müssen. Komischerweise schien Tom das überhaupt nicht zu interessieren. So als ob er den Wunsch mit der Katze, dem Hund und diesen seltsamen Carrera-Teilen gar nicht richtig ernst gemeint hatte.

Wehmütig dachte Violetta an das Glasschloss, an die wunderhübschen Glimmerrosen, die im Garten wuchsen und allmählich verglühten, und an die Flattertannen des angrenzenden Waldes, die wild um sich schlugen und alles

zertrümmerten, was ihnen in den Weg kam. Violetta sah Susa und Madame Flaxa vor sich, die inzwischen beide schwarz und versteinert waren, und mit Grauen erinnerte sie sich an den Schattenmann, der bei ihrer letzten Begegnung die Gestalt einer riesigen Spinne angenommen hatte. Keine Frage, das Geisterreich stand kurz vor dem Untergang. Ganz egal, ob Engelherz sich auf den Weg gemacht hatte, es zu retten oder nicht. Eigentlich glaubte Violetta nicht mehr so recht daran und selbst Leo Naddo schien aufgegeben zu haben. Nur eines hätte Violetta noch allzu gerne gewusst: nämlich, wer die neuen Spiegelwächter gewesen wären. Aber ob Leo Naddo ihnen das jemals verraten würde?

Risse im Glas

Engelherz wurde mit einer solchen Geschwindigkeit fortgerissen, dass ihm speiübel wurde. Sein Kopf begann zu dröhnen, seinen Körper spürte er fast überhaupt nicht mehr und schließlich wurde er ohnmächtig.
Als er wieder zu sich kam, erblickte er über sich eine riesige helle Fläche, die wie ein glitzernder See aussah – der Spiegel Lemuros! Sir Klunkex zog ihn in einem Höllentempo auf diesen Spiegel zu und Engelherz sah, dass sich von einem Ufer aus ein riesiger Spalt aufgetan hatte, über die halbe Fläche.
Der Spalt kam näher und näher. Und je näher er kam, desto größer wurde er. Mit Entsetzen erkannte Engelherz, dass Sir Klunkex ihn mitten in diesen Spalt hineinziehen wollte.
»Neiiiiiiin!«, schrie Engelherz. »Niiiiiicht!«
Er strampelte mit den Beinen und versuchte seine Hand aus der Umklammerung des Betreuers zu befreien. Aber

Konzelius Klunkex' Griff war eisenhart. Unbeirrt riss er Engelherz mit sich fort und nur wenige Zeitbruchteile später waren sie von Dunkelheit und Kälte umfangen.

»Ich habe ihn, Meister!«, rief Sir Klunkex in die Dunkelheit hinein. »Ich bringe dir den Wächter des Spiegels. Und in seinem Gepäck befindet sich sogar noch einer dieser dummen, unüberlegten Menschenwünsche.«

»Hahahahaha!«

Das schaurige Lachen ließ Engelherz erzittern.

»Diese dummen, unüberlegten Menschenwünsche sind es doch, die mich wachsen lassen und meine Macht vergrößern. Ach, ich liebe diesen wundervollen Jungen. Er hat erkannt, worauf es wirklich ankommt.«

Engelherz traute seinen Ohren nicht. Diesen wundervollen Jungen? Wer war denn damit gemeint? Er? Oder etwa Tom?

Und wer war der Wächter des Spiegels? Tom? Oder etwa er? Nein, nein, unmöglich! Das musste eine Finte sein. Wenn er tatsächlich einer der neuen Spiegelwächter war, dann hätte Leo Naddo es ihm doch wohl gesagt.

Plötzlich spürte er ein Brennen im Nacken. Es war nur ein winziger Punkt, der zu glühen begann und sich langsam

ausbreitete. Gleichzeitig umklammerte ein festes, kaltes Etwas seine Hände und Füße und kroch allmählich seine Gliedmaßen hinauf.
Violetta, dachte Engelherz verzweifelt. *Hilf mir!*
Der glühende Punkt in seinem Nacken begann zu blinken. *Violetta! Violetta! Violetta!*, schien auch er zu rufen. Dabei wurde er so heiß, dass Engelherz nicht mehr denken konnte. Er spürte nur noch diese Hitze und gleichzeitig die eisige Kälte in seinen Armen und Beinen – und dann wurde auf einmal alles schwarz um ihn herum.

Tom wachte auf, weil ein Sonnenstrahl ihn auf der Nase kitzelte. Es war kurz nach sieben. Der Ausflug!, schoss es ihm durch den Kopf. Um Viertel vor acht musste er an der Schule sein und er hatte noch nichts zusammengepackt.
Mit einem Satz war er aus dem Bett.
»Zieh mich an!«, befahl er Mummo.
»Pack meinen Rucksack!«, kommandierte er Violetta.
»Bring mir mein Frühstück ins Zimmer!«, verlangte er von Leo Naddo.
Leo Naddo seufzte. Kein Zweifel, der Schattenmann hatte Tom bereits fest im Griff. Nicht mehr lange und seine Wün-

sche würden nicht mehr einfach nur maßlos, sondern auch hinterhältig und gemein sein. Und das wiederum würde den Schattenmann mächtiger und mächtiger machen. – So mächtig, dass der Spiegel Lemuros schon bald in tausend Einzelteile zerspringen und das Geisterreich für immer verschwinden würde. Der Gedanke daran erfüllte Leo Naddo mit Angst, Entsetzen und tiefer Verzweiflung.

Nein! Leo Naddo schüttelte sich. Es durfte nicht sein! Er wollte alles dafür tun, um die Katastrophe doch noch zu verhindern – auch wenn es im Augenblick absolut aussichtslos erschien.

Der weise alte Geist atmete tief durch und schwebte in die Küche. Als er wenig später mit einem Glas Kakao und drei Toasts zurückkam, war Tom fix und fertig angezogen. Violetta hatte Obst, Bonbons und ein paar Schokoriegel in seinen Rucksack gestopft.

»Gib her!«, befahl Tom Leo Naddo barsch.

Er riss dem Geist das Frühstücksbrett aus den Händen und verschlang alles in weniger als zwei Minuten.

»So, Leute . . .« Tom wischte sich mit dem Ärmel die Nutella-Spuren aus den Mundwinkeln. »Und jetzt ab in eure Gefäße und nix wie los!«

Als Tom auf dem Schulhof ankam, hatten sich die meisten Kinder schon vor dem Reisebus versammelt. Herr Rosenstrupp, der Mathelehrer, und Frau Mittenbach, die Klassenlehrerin, unterhielten sich mit einigen Eltern, die ihre Kinder zur Schule begleitet hatten.

»Hallo, Tom«, begrüßte ihn Frau Mittenbach. »Bist du ganz allein?«

»Klar«, sagte Tom. »Mein Vater muss doch arbeiten.«

Außerdem fühlte er sich seltsam stark. Ganz anders als sonst. Das war ihm schon eben, als er Jana, Philipps Schwester, im Treppenflur begegnet war, so gegangen. Vor ein paar Tagen hatte sein Herz bei ihrem Anblick noch einen Hüpfer gemacht. Er hatte sich von Violetta sogar in ein Kaninchen verwandeln lassen, um in Janas Nähe sein zu können. – Pah! Das würde ihm heute im Traum nicht mehr einfallen. Die süße Jana war ihm plötzlich so egal wie ein Haufen Regenwürmer.

»Dürfen wir schon einsteigen?«, fragte Tom seine Klassenlehrerin und deutete auf die geöffnete Fahrertür.

»Wenn du keine frische Luft mehr brauchst«, erwiderte Frau Mittenbach und nickte ihm zu.

Nein, kein Bedarf. Tom war wunschlos glücklich, solange

er nur seine Flaschengeister bei sich hatte. Dass Engelherz bisher nicht zurückgekehrt war, ärgerte ihn zwar ein bisschen, aber im Grunde brauchte er weder einen Hund noch eine Katze. Für weitere Rennbahnteile war in seinem Zimmer gar kein Platz mehr und mit seinem alten Fahrrad kam er bestens zurecht. Wozu also ein Kickboard?

Je länger Tom darüber nachdachte, desto cooler fand er es, dass Engelherz verschwunden blieb. Dieser eingebildete Flaschengeist war ihm ohnehin viel zu störrisch. Mit Violetta, Leo Naddo und diesem kleinen Mummo war er doch allerbestens bedient.

Hochzufrieden mit sich und der Welt, erklomm Tom die Stufen in den Bus hinauf und blickte sich nach einem geeigneten Platz um.

»He, du!«, schrie Mario aus der letzten Reihe. »Komm doch her zu uns, wenn du dich traust.«

Außer Mario und Philipp, die allein auf der langen Hinterbank hockten, saßen nur noch ein paar Mädchen im Bus. Carina und Melanie. Und eine Reihe davor Sina und die ängstliche Mieke, die am liebsten gar nicht mitgefahren wäre.

Früher waren Tom diese Ausflüge, bei denen die Großen mitfuhren, auch nicht geheuer gewesen. Denn er musste sich immer vor Mario und Philipp in Acht nehmen. Aber jetzt, mit drei Flaschengeistern im Gepäck ... Tom grinste. Zielstrebig ging er auf die beiden Fieslinge zu und ließ sich neben sie plumpsen.

»Na, haste deinen Alien wieder dabei?«, fragte Mario.

»Klar«, sagte Tom.

Philipp lachte. Er legte seinen Arm um Toms Schulter und schüttelte ihn freundschaftlich hin und her. »Dann kann uns dreien ja nix passieren.«

Tom staunte nicht schlecht. So änderten sich also die Zeiten. Aus Feinden wurden plötzlich Freunde. Und nur weil Mario und Philipp sich vor lauter Schiss fast in die Hosen machten. Immerhin hatten Violetta und Engelherz ihnen schon ein paar tolle Denkzettel verpasst. Und ganz offensichtlich trug das nun langsam Früchte.

Ein Zeichen im Dunkeln

Wo hast du ihn denn versteckt?«, bohrten und quengelten Mario und Philipp die ganze Fahrt über.
Und auch, als sie endlich ihr Ziel erreicht und der Bus auf einem Parkplatz im Wald geparkt hatte, ließen sie nicht locker.
»Er ist unsichtbar«, wiederholte Tom immer und immer wieder.
»Das weiß ich«, brummte Mario. »Ich will ja auch nur, dass du uns sagst, ob er die ganze Zeit hinter uns herschwebt, ob er ein Raumschiff hat . . .«
»Er hat kein Raumschiff«, fiel Tom ihm ungeduldig ins Wort. »Er ist auch kein Er, sondern eine Sie.«
»Eine Frau?«, fragte Philipp verblüfft.
Tom nickte. »Genauer gesagt, ein Mädchen. Sie heißt Violetta und lebt in einem Glas.«
»In einem Glas?« Mario fielen fast die Augen aus dem Kopf. Er packte Tom am Jackenärmel und dann änderte

sein Tonfall sich schlagartig. »Duhuu, ich warne dich. Du solltest uns besser nicht verarschen.«

Tom riss sich los.

»Ich verarsch euch nicht. Das müsstest du doch langsam kapiert haben. Denk nur an die Sache mit Janas Kaninchen.«

»Sag bloß, d-das war auch d-dein Alien?«, stammelte Mario.

»Klar, das war Violetta. Zusammen mit ihren Freunden.«

Tom sah in Marios erstauntes Gesicht und grinste genüsslich in sich hinein. Er schob die Hände in die Hosentaschen und marschierte fröhlich summend hinter den Lehrern und seinen Schulkameraden her, die inzwischen einen schmalen, ansteigenden Pfad eingeschlagen hatten.

»Und die leben alle in Gläsern?«, wollte Philipp wissen.

»Logisch.«

»U-und wo sind sie jetzt?«

»In meinem Rucksack«, sagte Tom. »Und jetzt hört auf mit der blöden Fragerei, sonst lass ich sie alle zusammen auf euch los.«

»Wo-wo bin ich?«, murmelte Engelherz.

Die glibberige Kälte an seinen Armen und Beinen hatte sich verzogen und der Punkt in seinem Nacken glühte auch nicht mehr. Nur die Dunkelheit, die war immer noch da. Sie hüllte ihn ganz und gar ein, sodass er überhaupt kein Gefühl mehr dafür hatte, wo er sich befand und wie viel Zeit inzwischen verstrichen war.

»Sir Klunkex? Sind Sie hier irgendwo?«

Engelherz bekam keine Antwort. Im Gegenteil. Um ihn herum war es so ungeheuerlich still, dass er davon eine Gänsehaut bekam. Vorsichtig befühlte er den Boden unter sich. Er war kalt und hart.

Engelherz hockte sich auf alle viere und tastete sich langsam voran. Nur einige wenige Meter und er erreichte eine Wand, die sich ebenso kalt und hart anfühlte wie der Fußboden.

»Sir Klunkex, wo sind Sie?«, flüsterte er voller Angst.

Engelherz richtete sich auf und schob sich an der Wand weiter. Nach einer Weile kam es ihm so vor, als ob er im Kreis laufen würde. Also ließ er sich wieder auf die Knie herunter und krabbelte kreuz und quer über den Boden. Mal in diese und mal in jene Richtung. Er befühlte jeden

Quadratzentimeter. Irgendwas musste doch zu finden sein. Irgendetwas, das ihm bekannt vorkam.
Plötzlich stieß er mit seinem Kopf mitten im Raum gegen etwas Hartes. »Autsch!«, fluchte er leise und rieb sich über den Schädel.
Dann streckte er seine Finger aus, um das Ding zu befühlen. Es war groß, größer als er. Und es war total unregelmäßig geformt. Wellig wie die Falten eines Gewandes. Es schien sogar Finger zu haben – und ein Gesicht.
Erschrocken zuckte Engelherz zurück, als er glaubte eine Nase ertastet zu haben. Er schauderte und sein Herz hämmerte wild. War das hier etwa der Schattenmann?
Nein, eigentlich konnte das gar nicht sein. Der Schattenmann war ein lebendiger Geist. Dieses hier war – aus eiskaltem Stein.
Engelherz nahm all seinen Mut zusammen und hob die Hände wieder in Richtung der Nase. Sie war schmal und spitz und ziemlich lang. – Madame Flaxa!, schoss es ihm durch den Kopf.
Konnte es sein, dass es sich bei diesem Ding hier tatsächlich um seine Betreuerin handelte? Todesmutig ließ Engelherz seine Handflächen weiter nach oben gleiten. Er musste sich

bereits auf die Zehenspitzen heben. Und dann fühlte er ihn: den langen Hut mit der eingekringelten Spitze obendrauf. Der gehörte eindeutig Madame Flaxa.
Plötzlich stieg eine schreckliche Befürchtung in ihm auf. – Mit einem beklemmenden Gefühl in der Brust ließ Engelherz sich wieder auf den Boden herunter und suchte weiter. Nur einen Meter neben Madame Flaxa ertastete er eine kleine Gestalt, dann eine größere und noch eine und noch eine. Und obwohl Engelherz sie nicht genau erkannte, wusste er doch, wer sie waren: Susa, der stolze Lametton, Sirilla . . .
Schweren Herzens ließ Engelherz die Hände sinken. Konzelius Klunkex hatte ihn an der Nase herumgeführt. Das war so klar wie Splirrensuppe ohne Nebelschleier. Und er, Engelherz, war so töricht gewesen auf ihn hereinzufallen. Wieso bloß war er nicht misstrauischer gewesen? Engelherz machte sich entsetzliche Vorwürfe. Doch dann begann er sich zu fragen, wieso ausgerechnet Sir Klunkex und er selbst noch nicht versteinert waren. – Dafür musste es einen triftigen Grund geben. Und vielleicht – ja vielleicht hing es damit zusammen, dass Violetta, Mummo und Leo Naddo noch immer auf der Erde waren.

Voller Sehnsucht dachte Tom an seine drei Freunde. Besonders an Violetta. Ob es ihr wohl gut ging?
Ach, Violetta, dachte Engelherz verzweifelt. *Wenn du mich doch noch ein einziges Mal retten könntest . . .*
Plötzlich meldete sich der Punkt in seinem Nacken wieder. Er glühte so heiß auf, dass Engelherz unwillkürlich dort hingriff. Doch überraschenderweise fühlte die Haut sich da überhaupt nicht warm an, sondern ganz normal. Und trotzdem hatte sich etwas verändert. Vorsichtig ließ Engelherz seine Fingerkuppe über die Stelle kreisen. Ja – es war so, als ob ihm dort plötzlich etwas eingraviert worden wäre. Eine Art Zeichen . . .

Ein Sturz in die Tiefe . . .

Vorsicht!«, rief Herr Rosenstrupp. Er drehte sich zu den Kindern um und hob warnend einen Arm nach oben. »Das letzte Stück ist besonders schmal und steil.«
Mario verdrehte die Augen. »Was der immer hat.«
»Ich finde es gut, dass er uns Bescheid sagt«, erwiderte Melanie und Mieke und Sina nickten.
»Weiber!«, sagte Philipp abfällig.
Mario grinste und stupste Tom so heftig in die Seite, dass er mit einem Fuß vom Weg rutschte und hinfiel. Fast wäre er den Hang hinuntergeglitten, hätte er nicht im allerletzten Moment eine Baumwurzel zu fassen gekriegt.
Mieke schrie auf. Und Herr Rosenstrupp, der nicht umkehren konnte, weil der Weg zu schmal war und noch nicht alle Kinder oben angekommen waren, rief aufgeregt: »Tom, Tom! Alles in Ordnung? Hast du dich verletzt?«
»Nein, es geht schon«, stöhnte Tom und warf Mario einen giftigen Blick zu.

Sina, Melanie und Mieke packten Tom an der Jacke und versuchten ihn auf den Weg zurückzuziehen.
»Verdammt noch mal, Mario und Philipp!«, brüllte Herr Rosenstrupp. »Könnt ihr nicht mal mit anfassen?«
»Klaro«, sagte Mario und sah Tom mit einem hämischen Grinsen an. »He, macht gefälligst Platz«, knurrte er die Mädchen an. »Lasst uns mal ran!«
Er drängte Mieke zur Seite und griff nach Toms Rucksack. Mieke verlor das Gleichgewicht, fiel auf die Knie und rutschte ebenfalls über den Abhang.
»Neiin! Hilfe!«, schrie sie und versuchte verzweifelt sich an ein paar Grasbüscheln festzuhalten.
Doch sie hatte nicht so viel Glück wie Tom. Die Büschel rissen aus und Mieke sauste bäuchlings immer weiter den Hang hinunter.
»Idiot!«, ächzte Tom. »Bist du verrückt geworden!«
Mario sagte gar nichts. Ziemlich blass um die Nase schaute er Mieke hinterher, die inzwischen ungefähr zehn Meter unter ihnen an einem hervorstehenden Baumstamm hängen geblieben war. Leise wimmernd tastete sie die Umgebung nach etwas ab, an dem sie sich den steilen Hang wieder hinaufziehen konnte.

»Um Gottes willen, Mieke!«, rief Herr Rosenstrupp von oben. »Bleib, wo du bist! Rühr dich nicht vom Fleck! Ich rufe den Rettungsdienst!«

Er zerrte ein Handy aus seiner Brusttasche hervor und bedeutete den Kindern, die sich noch auf dem Pfad befanden, so schnell wie möglich zu ihm und den anderen heraufzukommen.

Sina, Carina und Melanie halfen Tom auf die Beine, während Mario immer noch dessen Rucksack festhielt.

»Kannst mich loslassen«, brummte Tom.

Er klopfte sich den Staub aus den Hosenbeinen, richtete sich wieder auf und wollte den Mädchen folgen. Im selben Augenblick riss Mario ihm den Rucksack vom Rücken.

»He, was soll das?«

Tom fuhr herum. Mario hatte die Schnappverschlüsse geöffnet und fing nun damit an, die einzelnen Fächer zu durchwühlen.

»Na, was wohl?«, erwiderte er grinsend. »Ich hol mir meinen Lohn. Dafür, dass ich dich gerettet hab.«

»Du?« Sina stemmte die Hände auf ihre Hüften. Vor Wut standen ihr die Tränen in den Augen. »Wenn du nicht so ein Rüpel wärst, wären er und Mieke da doch überhaupt nicht runtergefallen. Und auf den Weg zurückgezogen haben *wir* ihn ja wohl.« Sie deutete auf Melanie und Carina, die mit ängstlichen Blicken zur weinenden Mieke hinunterstarrten.

Tom guckte Sina bewundernd an. Sie schien gar keine Angst vor dem großen Jungen zu haben.

»Ach, halt doch deine Klappe«, brummte Mario bloß, während Philipp weiter in Toms Rucksack herumwühlte. »Deiner Freundin wird schon nix passieren.«

Inzwischen waren alle Kinder oben auf dem Plateau angelangt. Herr Rosenstrupp kam nun den Weg heruntergeeilt.

»Sagt mal, braucht ihr eine extra Einladung!«, fuhr er Sina, Melanie, Carina, Tom, Philipp und Mario an. »Abmarsch nach oben! Aber sofort.«

Mario umklammerte den Rucksack und setzte sich als Erster in Bewegung.

»Ich will hier bei Ihnen bleiben«, sagte Carina. »Bitte!«

Der Mathelehrer überlegte einen Moment.

»Also gut«, meinte er schließlich. »Vielleicht beruhigt es Mieke ein wenig, wenn du von hier aus mit ihr sprichst. Bis der Rettungshubschrauber kommt, dauert es sicher noch ein paar Minuten.«

Ein richtiger Hubschrauber? Tom staunte nicht schlecht. Er schaute noch einmal kurz zu seiner Klassenkameradin hinab, die immer nervöser wurde und hektisch auf dem Baumstamm hin und her rutschte. Wenn sie so weitermachte, würde sie womöglich noch tiefer hinabstürzen, und wer wusste schon, ob das noch einmal so glimpflich abgehen würde . . .

Violetta – dachte Tom. Die könnte Mieke jetzt helfen.

»Gib mir meinen Rucksack zurück!«, schrie er hinter Mario her. »Sofort!«

»Du lieber Himmel!« Herr Rosenstrupp warf Tom einen flehenden Blick zu. »Müsst ihr euch jetzt auch noch streiten?«

»Aber es ist mein Rucksack. Mario hat ihn mir weggenommen«, verteidigte sich Tom.

»So ein Quatsch!«, brummte Philipp. »Mario will doch bloß helfen.« Helfen?, dachte Tom – Pah! Wütend schüttelte er den Kopf und machte, dass er hinter Mario herkam. Doch als er ihn endlich einholte, hatte er die Schnörkelflasche bereits gefunden.

»Ha!«, zischte Mario. »Wohnt er etwa hier drin, dein Alien?« Tom schluckte und schwieg.

»Keine Antwort ist auch 'ne Antwort«, sagte Mario lachend

und warf Tom seinen Rucksack vor die Füße. »Was muss ich denn jetzt machen? Einfach den Stopfen herausziehen?«

»Besser nicht«, knurrte Tom. »Dieser Alien ist unberechenbar. Der hört nur auf mich.«

»Auf dich?« Philipp glotzte gierig auf die Flasche in Marios Hand. »Also, wenn du mich fragst, klingt die ganze Sache verdammt nach faulem Zauber. Oder nach einem Flaschengeist. Und die hören, soweit ich weiß, nur auf die, die sie befreien.«

»Du spinnst doch!«, schnaubte Tom. »Flaschengeister! Die gibt's doch gar nicht!«

Hastig hob er den Rucksack auf und tastete nach Violettas Bonbonglas. Er schnackte den Verschluss auf und schon sprühte ein lila Funkenregen daraus hervor. – Bloß noch ein paar Sekunden und er würde Violatta befehlen ihm Leo Naddos Schnörkelflasche zurückzuholen.

. . . und ein Zeichen mit Bedeutung

Durch Violettas Körper ging ein mächtiges Ziehen. Sie wurde nach oben gedrückt und kurz darauf schoss sie über den Rand des Bonbonglases hinweg und fand sich in einer schönen Hügellandschaft wieder, die sie im ersten Augenblick an das Gebirge in der Nähe des Glasschlosses erinnerte. Doch dann bemerkte sie Tom und ihr wurde klar, dass sie immer noch auf der Erde war.

»Was is los?«, fragte sie.

Du musst sofort . . . hörte sie Toms Gedanken. Doch plötzlich ertönte von tief unten ein spitzer Aufschrei. Und dann ging ein ziemlicher Tumult los.

»Halt dich fest!«, schrie jemand. »Nicht mehr bewegen!«

Tom hatte sich von dem Bonbonglas abgewandt und blickte entsetzt den Abhang hinunter.

»Was ist denn los?«, rief Violetta. »Was soll ich denn jetzt?«

Doch Tom schien sie überhaupt nicht zu bemerken. Mit weit aufgerissenen Augen starrte er den Abhang hinunter.

Violettas Augen folgten seinem Blick und sie sah, dass ein Mädchen dort unten in zehn Meter Tiefe an einem Baumstamm hing. Ihre Füße baumelten in der Luft. Schon bald würden ihre Kräfte nachlassen und sie würde noch weiter hinunterrutschen.

Nun wandte Tom seinen Kopf zurück und schaute auf das Schnörkelgefäß, das Mario in den Händen hielt. Mit aller Kraft zog er an dem Stopfen. Nicht mehr lange und Leo Naddo und Mummo würden Mario zu Diensten stehen.

Tom schluckte. Noch einmal sah er zu Mieke hinunter.

»Entscheide dich«, drängte Violetta. »Bitte . . .!«

Endlich hefteten sich seine braunen Augen wieder auf sie.

Violetta, hörte sie ihn denken. *Hilf Mieke hoch. Schnell!*

Augenblicklich schoss eine gewaltige Energie in Violettas Körper und sie raste mit Höllengeschwindigkeit auf Mieke zu, drückte ihre Hände unter deren Hintern und schob sie Stück für Stück nach oben.

»Oh mein Gott, Mieke!«, schrie Frau Mittenbach. »Bleib, wo du bist!«

Doch Herr Rosenstrupp, der inzwischen so blass wie Pfannkuchenteig geworden war, wisperte: »Lassen Sie sie nur. Ich glaube, sie schafft es.« Ungläubig fasste er sich an den Hinterkopf. »Es ... es ist wie ein Wunder«, stammelte er. »Als ob sie durch eine höhere Kraft gezogen würde.« Höhere Kraft, okay, aber gezogen? – Der hatte vielleicht eine Vorstellung, dachte Violetta. Sie kam sich ja schon vor wie ein Schaufelbagger. Aber immerhin, Mieke kam Zentimeter für Zentimeter voran.

»Mieke! Mieke! Mieke!«, fingen die Kinder an zu rufen. Carina, Sina und Melanie klatschten in die Hände und hüpften auf und ab. Sogar Mario schien die Schnörkelflasche in seiner Hand völlig vergessen zu haben. Er und Philipp ließen ihre abgestürzte Schulkameradin nicht aus den Augen. Und Tom stand vor Anspannung der Mund weit offen. Würde Violetta es schaffen?

Und dann endlich hatte Mieke die Kante fast erreicht. Herr Rosenstrupp ging in die Knie und streckte ihr seine Hand entgegen. Mieke ergriff sie und stand kurz darauf wieder auf festem Boden.

»Juhuuuuu!«, schrien die Kinder und Frau Mittenbach lachte vor Erleichterung lauthals los.

Violetta stöhnte leise. Sie rappelte sich auf, rieb sich die Arme und lief zu Tom hinüber. Der war inzwischen ebenfalls aus seiner Lähmung erwacht. Er machte einen Schritt auf Mario zu und versuchte ihm die Schnörkelflasche zu entreißen.
»Nix da!«, brummte der und presste sie fest gegen seinen Bauch.
Violetta, du musst . . ., hörte Violetta Tom denken, dann geschah plötzlich etwas Seltsames. Violetta spürte einen glühend heißen Stich in ihrem Nacken.
Engelherz!, schrie etwas in ihrem Herzen.
»Ich muss jetzt gehen«, murmelte sie. »Ich muss zu Engelherz.«
Tom schüttelte den Kopf. »Du kannst nicht weg von mir. Ich wünsche, dass wir zusammenbleiben.«
Violetta schluckte. Sie fühlte ganz deutlich, dass sie sofort zu Engelherz musste. Das Brennen in ihrem Nacken wurde immer stärker und sie wurde mit aller Macht nach oben gezogen. Und trotzdem: Sie konnte Toms Wunsch nicht unerfüllt lassen.
»Dann komm mit«, sagte sie.
Violetta bemerkte noch seinen erschrockenen Blick, dann spürte sie, wie er in sie hineingesaugt wurde. Für einen

kurzen Augenblick wurde ihr speiübel. Sie sah, dass Tom umgefallen war und mit geschlossenen Augen auf dem Erdboden lag. Und gleichzeitig fühlte sie, dass er in ihrem Herzen war.

Violetta, was ist passiert?

Keine Ahnung, erwiderte sie.

Tatsächlich wusste sie im Augenblick nur eines: Sie musste hier weg. Nach oben. Zurück in ihre Heimat. Ins Glasschloss. Zu Engelherz. Und zwar mit Tom in ihrem Herzen.

Violetta bemerkte noch die erstaunten Gesichter der Kinder und Lehrer, sie sah, dass einige sich über Tom beugten und Mario den Stöpsel aus der Schnörkelflasche zog . . . Dann wurde sie plötzlich in einem Schwindel erregenden Tempo nach oben gerissen.

Engelherz ließ seine Hand sinken. Dieses Zeichen in seinem Nacken . . . Tief in seinem Inneren wusste er, dass es eine ganz besondere Bedeutung hatte. Auf einmal keimte eine vage Hoffnung in ihm auf, nämlich die Hoffnung, dass das Geisterreich doch noch zu retten war.

Dabei war es eigentlich idiotisch. Engelherz hockte eingesperrt in der tiefsten Schwärze, die er je gespürt hatte, und hatte nicht den Schimmer einer Ahnung, wo er sich eigentlich genau befand, geschweige denn, wie er sich aus diesem unheimlichen, kalten Loch befreien sollte. Violetta war die Einzige, die ihm helfen konnte. Oder Leo Naddo und Mummo. Aber die hockten garantiert noch immer bei diesem durchgeknallten Tom auf der Erde. Und so, wie der sich zuletzt aufgeführt hatte, würde er die drei nie und nimmer fortlassen. Ihm war es doch ganz egal, ob das Geisterreich weiterexistierte oder nicht.

Wütend ballte Engelherz die Fäuste. Dass sein und das Leben seiner besten Freunde ausgerechnet von einem dieser törichten Menschenkinder abhing, machte ihn fast rasend.

Plötzlich ertönte neben ihm ein Geräusch. Engelherz zuckte zurück und riss seine Augen so weit auf, wie er nur konnte. Vielleicht würde er trotz dieser Dunkelheit ja doch etwas erkennen können. Aber da war nur dieses Geräusch. Ein leises Schlurfen. Oh Gott! Das war bestimmt der Schattenmann, der mit seinen fiesen langen Glibberfingern nach ihm greifen wollte. Entsetzt wich Engelherz weiter zurück. Was hatte er mit ihm vor?

Völlig unerwartet verstummten die schlurfenden Schritte. Engelherz blieb stehen. Sein Herz trommelte wie verrückt vor Angst.

Und dann fing der Schattenmann an zu sprechen. »Engelherz, bist du das?«

Das war doch nicht möglich!

»Madame Flaxa?«, schrie Engelherz. »Sind Sie das?«

»Ja, ja, ich ...« Sie verstummte. Ihre Stimme klang schwerfällig.
»Aber Sie sind doch aus Stein«, sagte Engelherz atemlos. Er riss seine Augen immer weiter auf, in der Hoffnung, endlich etwas erkennen zu können. »Genau wie alle anderen.«
»Ja ...«, sagte Madame Flaxa zögernd.
»Sind wir nicht!«, rief eine Mädchenstimme. »Wir sind frei!«
»Sirilla?«, fragte Engelherz ungläubig ins Dunkel hinein.
»Ja, ich bin es! Und da ist Lametton. Und Glammy und ...«
Auf einmal schrien unzählige Stimmen durcheinander. Doch Engelherz war misstrauisch. War es nicht möglich, dass es nur eine Finte des Schattenmanns war?
»Wo, wo sind wir hier überhaupt?«, fragte Lamettons Stimme.
Zuerst antwortete niemand. Dann meldete sich Madame Flaxa.
»Es muss etwas passiert sein«, murmelte sie. »Die Legende sagt, dass der Schattenmann in Gestalt einer großen, fetten Spinne in den Kellern das Glasschlosses lauert, bis die Wächter des Spiegels ihre Plätze verlassen. Dann kommt er herauf und versucht die Geister im Schloss in seine

Gewalt zu bringen, bevor die neuen Wächter erkannt haben, dass sie die Auserwählten sind.«

Bevor sie es erkannt haben?

Engelherz schnappte nach Luft. Plötzlich stieg ein Verdacht in ihm auf. So manches Mal hatte einer der Geister gesagt, dass er und Violetta die Einzigen seien, die das Glasschloss noch retten konnten. War es wirklich möglich . . .?

»Ja«, sagte Madame Flaxa. »Genau so ist es. Du und Violetta, ihr seid die neuen Wächter des Spiegels.«

Aber . . .?, wollte Engelherz widersprechen. Doch tief in seinem Herzen wusste er, dass Madame Flaxa die Wahrheit gesagt hatte. Unwillkürlich griff er sich in den Nacken, an die Stelle, wo es so sehr brannte.

»Das ist das Zeichen«, sagte Madame Flaxa. »Die Spiegelwächter tragen ein Zeichen im Nacken. Die Legende sagt, dass es zu glühen beginnt, wenn es für sie an der Zeit ist, ihre Aufgabe zu erfüllen.«

»Und was ist dann mit Violetta?«, fragte Engelherz erschrocken. »Sie ist doch noch bei Tom auf der Erde.«

»Zum Glück«, sagte Madame Flaxa. »Das Menschenreich in seine Gewalt zu bekommen ist für den Schattenmann sehr schwierig. Aber vielleicht wird er es schaffen, ein Menschenkind zu beeinflussen. Und dann könnte Violetta in großer Gefahr sein.«

Engelherz atmete schwer. Doch bevor er etwas erwidern konnte, fuhr Madame Flaxa bereits mit ihrer Erklärung fort.

»Die Tatsache, dass du hier bist und uns durch deine Berührung erlöst hast . . .«

Engelherz starrte auf seine Hände. »Durch meine Berührung?«

»Genau.« Madame Flaxa nickte. »Spiegelwächter haben die Gabe, versteinerte Geister zu erlösen. Sie selbst können nicht versteinert werden. Um sie zu vernichten, muss man sie für 333 Stunden mit zwölf Tropfen Schattensäure in ihr Schlafgefäß sperren. Erst dann lösen sie sich auf.«

Ein kalter Schauder lief Engelherz über den Rücken. »Und was ist mit Sir Klunkex?«, fragte er. »Warum ist er nicht hier?«

Madame Flaxa seufzte leise. »Ich befürchte, dass der Schattenmann ihn zu seinem Werkzeug gemacht hat«, sagte sie rau. »Vielleicht hat er eine Schwäche gezeigt. Das dürfen Geisterlehrer nicht.« Plötzlich sah sie sehr traurig aus. Doch eine Geistersekunde später hatte sie sich bereits wieder im Griff. »Was mit ihm und Violetta geschieht, müssen wir wohl dem Schicksal überlassen«, setzte sie hinzu. »Jetzt wollen wir erst einmal sehen, wie wir hier rauskommen.«

Sie deutete auf ein fahles Licht, das über ihnen schimmerte. Engelherz hatte es bisher nicht bemerkt. Und er hätte schwören können, dass es vor einer Sekunde auch noch nicht dort gewesen war. Jetzt wurde es allmählich heller und Engelherz erkannte nun ganz deutlich all seine Geisterfreunde aus dem Glasschloss um sich herum. Für überschwängliche Wiedersehensfreude blieb ihnen allerdings keine Zeit.

»Wir müssen gehen«, drängte Madame Flaxa und deutete auf die gegenüberliegende Wand, an der glitschige dunkle Stufen aus Nebelschlieren nach oben auf das fahle Licht zuführten.

Sieg oder Niederlage?

Mir ist schlecht, stöhnte Tom.
Das kann nicht sein, erwiderte Violetta. *Du bist schließlich gar nicht da.*
Noch immer sauste sie in einem Wahnsinnstempo nach oben.
Es war, als ob sie von einem Magneten gezogen wurde. Auch ihr war hundsmäßig schwindelig und vielleicht war es das, was auch Tom spürte. Seinen Magen hatte er jedenfalls nicht dabei. Denn der lag, wenn sie nicht alles täuschte, immer noch dort, wo er hingehörte, nämlich in Toms Körper unten auf der Erde.
Was ist passiert?, wiederholte Tom seine Frage von eben.
Glaub mir, ich weiß es wirklich nicht, antwortete Violetta. *Deine Gedanken und deine Gefühle sind mit mir gekommen und der Rest ist auf der Erde geblieben.*
Ich will nicht, sagte Tom. *Bitte bring mich wieder auf die Erde zurück.*

Das geht nicht, erwiderte Violetta. *Keinen Schimmer, wieso, aber ich kann dir diesen Wunsch nicht erfüllen.*
Trotz der hohen Geschwindigkeit, mit der sie in den Himmel gesaugt wurde, fühlte Violetta sich mit jeder Sekunde stärker und lebendiger. In ihrem Nacken glühte etwas, das sich allmählich bis in ihr Herz ausbreitete. Und auf einmal wusste sie: Sie würde Engelherz wiedersehen! – Aber auch den Schattenmann.
Violetta hatte diesen Gedanken noch nicht ganz zu Ende gedacht, da wurde es schlagartig eiskalt und stockdunkel um sie herum.
Was ist das?, fragte Tom erschrocken. *Was geschieht mit uns?*
Violetta spürte seine Angst ganz deutlich. Es kam ihr sogar so vor, als ob seine Schweißperlen von ihrer Stirn tropften.
Vertrau mir, sagte sie, obwohl sie selber nicht wusste, was auf sie zukam.
Plötzlich tauchte über ihnen ein wabernder Lichtfleck auf. Lemuros! – Der Spiegel, der das Geisterreich von der Menschenwelt trennte und zugleich als Pforte diente. Jeden Augenblick würde Violetta ihn durchschlagen und dann

endlich wieder in der hügeligen Landschaft ihrer Heimat stehen.
Doch nichts dergleichen geschah. Im Gegenteil – kurz unterhalb des Spiegels wurde Violetta mit einem Ruck abgebremst. Um sie herum wurde es immer kälter.
Es ist so eisig hier, jammerte Tom. *Wir frieren ein.*
Hab keine Angst, erwiderte Violetta. *Du kannst nicht erfrieren. Geistern kann Kälte nichts anhaben. Es lähmt sie nur ein bisschen.*
Ein bisschen war gut. Violetta konnte sich kaum noch bewegen. Ihre Arme, die sie in Richtung Lemuros ausstrecken wollte, waren bleischwer. Mühsam drehte sie ihren Kopf hin und her und versuchte irgendetwas um sie herum zu erkennen. Zunächst schien es unmöglich, aber dann bahnte sich das glühende Licht in ihrem Herzen seinen Weg bis in ihre Augen und auf einmal konnte Violetta ein dunkles Gebäude erkennen, das genau so aussah wie das Glasschloss, bloß spiegelverkehrt mit seinen Türmen nach unten ragte.
Plötzlich öffnete sich das Tor und eine riesige schwarze Spinnengestalt mit unheimlich funkelnden grünen Augen krabbelte heraus.

»Guarrrrr!«, schrie sie so laut, dass die Kälte um Violetta herum erzitterte. »Gleich gehört galles gir!«
Tom schrie auf. *Lass uns weg hier. Schnell weg!*
Nein, sagte Violetta mit bebender Stimme. *Wir können nicht weg. Wir müssen diese Spinne besiegen.*
Du bist ja verrückt, jaulte Tom. *Das schaffen wir nie.*
Du darfst keine Angst haben, erwiderte Violetta, während sie die Spinne nicht aus den Augen ließ.
Dann sag mir bitte, wie ich das hinkriegen soll!, schrie Tom. *Wenn mein Körper nicht gerade zufällig woanders wäre, hätte ich vor lauter Schiss schon längst in die Hose gemacht.*
Violetta lächelte. *Genau so packst du es*, sagte sie. *Indem du Witze reißt. Das lenkt nämlich ab von der Angst.*
Hahaha, machte Tom.
Geh in dein Herz, sagte Violetta.
Wie soll ich das denn anstellen?, erwiderte Tom.
Denk an Engelherz und mich und dich, an unsere Herzenskraft und daran, dass wir überleben wollen. Dann wird es schon klappen.
Die Gedanken, die sie Tom schickte, machten Violetta selber Mut. Entschlossen wandte sie sich der schwarzen Spinne entgegen, deren Tentakelbeine sich langsam auf sie und

Tom zubewegten. Violetta versuchte nicht mehr zu denken, nur noch zu handeln. Ihr Nacken glühte ebenso wie ihr Herz. Diese Hitze war fast nicht zum Aushalten und sie schien sich immer weiter auszubreiten. Zuerst strömte sie durch Violettas Körper, dann trat sie langsam nach außen und verdrängte die Kälte um Violetta herum.

»Guarrrr! Gleich gab ich gich!«, brüllte die Spinne.

Im nächsten Augenblick schoss die Spitze eines ihrer Tentakelbeine auf Violetta zu und traf sie fast an der Stirn. Doch plötzlich ertönte ein gewaltiges Zischen. Funken sprühten, Rauch stieg auf und es roch nach gebratenem Fell.

Die Spinne brüllte so laut, dass Violetta fast die Ohren abfielen.

Super!, rief Tom. *Das Monster kann die Hitze nicht ab.*

Du hast Recht, sagte Violetta atemlos.

Gemeinsam mit Tom gab sie ihre ganze Herzenskraft nach außen. Und allmählich schien die Spinne zu begreifen, dass sie bei jedem Angriff auf Violetta ein Stück ihrer Beine opfern würde. Ihre grünen Augen kreisten wie leuchtende Bälle in ihren Höhlen und richteten sich schließlich auf den Spiegel über ihnen. Auch Violetta sah hinauf und bemerkte den zackenförmigen Riss, der Lemuros in zwei Teile zu spalten drohte.

Violetta wusste: Das durfte nicht geschehen. Irgendwie musste sie es verhindern. Doch wie? Von hier unten aus schien sie keine Chance zu haben. Vielleicht würden sie und Tom den Schattenspinnenmann mit ihrer Herzenswärme vollständig verglühen können. Aber wie lange würden sie dafür brauchen? – Nein! Violetta hatte eine andere Idee. Zwischen dem Schattenschloss und dem Glasschloss musste es eine Verbindung geben. Wie sonst sollte der Schattenmann damals wohl zu ihnen vorgedrungen sein?

Du bist ja vollkommen wahnsinnig geworden, brüllte Tom, als er Violettas Gedanken durchschaute. *Ich geh da nicht rein. Da sind bestimmt noch Tausende schrecklicher Viecher drin.*

Du Feigling, erwiderte Violetta. Allmählich war sie es wirklich leid mit diesem Menschenjungen. *Was glaubst du wohl, warum du hier bist? Nur du und ich zusammen sind stark genug den Schattenmann zu besiegen. Also reiß dich endlich zusammen! Wenn du wieder zur Erde zurückwillst, dann hast du nämlich gar keine andere Wahl.*

Tom wusste, dass sie Recht hatte. Voller Angst versuchte er die Augen zu schließen, aber das war ganz und gar unmöglich, da sie in seinem Körper auf der Erde zurückgeblieben waren und er nun durch die von Violetta gucken musste. Und so sah er, wie sie sich langsam und mühsam einen Weg durch die Kälte auf das spiegelverkehrte Schloss zubahnte.

Gib uns mehr Energie, befahl sie ihm. *Je mehr Herzenskraft wir haben, umso schneller kommen wir voran.*

Das kannst du haben, sagte Tom. Was hatte er noch zu verlieren!

Mit aller Macht konzentrierte er sich auf sein Herz und gab alles, was er hatte. Es war, als ob ein Motor gezündet wurde. Violetta erhielt einen ungeheuren Schub. Sie trieben zwischen den Spinnenbeinen hindurch und nur wenige Sekunden später verschwanden sie in der Dunkelheit des gespiegelten Schlosses. Zunächst schwirrte Violetta ziellos umher, doch allmählich begriff sie, dass sie dort hinmusste, wo es am dunkelsten und am kältesten war. Denn dort kam sie immer wieder an Stellen, von denen aus sie mühelos nach oben steigen konnte. Und dort wollten sie schließlich hin – nach oben in das eigentliche Glasschloss.

Plötzlich verschwand ihr Kopf in etwas widerlich Glibberigem, das sich anfühlte wie Millionen Regenwürmer, die sich umeinander schlängelten.
Iiiiiihhhh!, schrie Tom. *Da geh ich nicht durch.*
Doch Violetta war sicher, dass es keinen anderen Weg gab.
Gib Stoff!, rief sie Tom zu. *Nur so schaffen wir es.*
Und tatsächlich! – Als die ekligen, kalten Würmer mit Violettas und Toms Wärme in Berührung kamen, wichen sie zurück und gaben den Weg nach oben frei. Violetta glitt durch wohl bekannte Kellerräume und fand schließlich auch den alten Geheimgang ins Glasschloss: eine lockere Rauchfliese im Boden der Eingangshalle. Sie drückte sie hoch und schlüpfte nach oben. Ohne sich weiter umzusehen, stürzte sie durch die Tür in den Garten hinaus. Alle Glimmerrosen waren verloschen!
Oh Gott, es ist alles verloren!, dachte Violetta entsetzt. Und trotzdem! Sie wollte nicht aufgeben, sondern raste weiter durch den Wald, der keiner mehr war. Denn alle Flattertannen, die hier in den Himmel geragt hatten, waren entwurzelt und der Boden überall aufgerissen. Violetta achtete nicht darauf, sondern rannte und rannte bis zum Waldende über die Hügel, den höchsten Berg und

dann endlich sah sie ihn: Lemuros, den großen Geisterspiegel, der wie ein See zwischen den Bergen eingebettet war.

Lauf!, schrie Tom. *Dahinten stehen sie doch alle!*

In der Tat! Rund um Lemuros herum standen Madame Flaxa, Lametton, Sirilla, Glammy und Engelherz.

»Engelherz!«, rief Violetta voller Freude und wollte sich schon in seine Arme stürzen, da bemerkte sie den zackigen schwarzen Riss, der sich quer durch Lemuros zog. Nur von dem Teil des Ufers, an dem Engelherz stand, war er noch einige Meter entfernt.

Aaaaah!, schrie Tom vor Entsetzen und jetzt sah Violetta es auch, das borstige schwarze Spinnenbein, das sich gewaltsam in den Riss presste und ihn immer mehr auseinander dehnte. – Nur noch wenige Sekunden und der Geisterspiegel würde in zwei Teile brechen und der Schattenmann über das ganze Geisterreich herfallen.

Das durfte Violetta nicht zulassen! Und tief in ihrem Herzen wusste sie auch, was sie zu tun hatte, nämlich ihren Platz einnehmen, genau gegenüber von Engelherz.

Und so umrundete sie in fliegender Hast den Spiegel, bis sie zu jener Stelle kam, zu der ihr Herz sie gezogen hatte.

Ein Aufatmen ging durch die Menge. In Violettas Nacken breitete sich ein Glühen aus und sie spürte, wie zwischen ihr und Engelherz eine kraftvolle Verbindung wuchs.

Ein Geheimnis wird gelüftet

Plötzlich ging ein Stöhnen und Ächzen durch Lemuros und der Riss begann sich zu schließen. Das Spinnenbein versuchte dagegen anzukämpfen, doch schließlich gab es auf und verschwand. Die Oberfläche des Spiegels schloss sich wieder.
Im selben Moment richteten sich die Flattertannen auf, die Glimmerrosen begannen in den herrlichsten Farben zu glühen und aus dem Glasschloss sprühten Funken wie bei einem festlichen Feuerwerk. Und dann kamen sie alle über die Hügel gerannt: Susa und Chilly und Sir Klunkex und all die anderen vermissten Geister.
»Juhuuuu!«, jubelte Sirilla und riss ihre Arme in die Höhe. »Wir sind gerettet.«
»Nicht ganz«, sagte Madame Flaxa mit ernstem Gesicht.
»Wieso denn?«, fragte Violetta erstaunt. Sie breitete die Arme aus. »Es ist doch alles wieder wie vorher.«
»Bis auf die Tatsache, dass Leo Naddo und Mummo noch

immer auf der Erde unten sind«, erwiderte Madame Flaxa.

»Und außer . . .«

»Ich wüsste ja überhaupt gerne mal, wie das alles passieren konnte«, fiel Engelherz ihr ins Wort. »Und ob der Schattenmann nun endgültig besiegt ist.«

»Aber das versucht Madame Flaxa euch doch gerade zu erklären«, sagte Konzelius Klunkex. Er warf ihr einen kurzen, fragenden Blick zu, und als Madame Flaxa nickte, fuhr er fort: »Eigentlich ist alles meine Schuld. Wenn ich mich nicht in eure Betreuerin verliebt hätte, wäre ich auch nicht so unvorsichtig gewesen. Ich wusste doch, dass ein Wechsel der Spiegelwächter bevorstand, aber ich habe versucht möglichst viel Zeit mit ihr zu verbringen und dabei meine Aufgabe als Wachhaber des Schlosses vernachlässigt. Und als ich eines Abends einen besonders edlen Tropfen aus dem Keller holen wollte, hat der Schattenmann von mir Besitz ergriffen.« Sir Klunkex senkte den Kopf. »Und damit waren ihm leider Tor und Tür geöffnet. Der Schattenmann drang ins Glasschloss ein, und nachdem die Spiegelwächter ihre Plätze verlassen hatten, bekam Lemuros die ersten Risse. Und durch die konnte Violetta schließlich auf die Erde stürzen.«

Die Geister schauten ihn betroffen an und schluckten.

»Okay«, meinte Violetta schließlich, »aber jetzt sind Engelherz und ich, die neuen Spiegelwächter, doch an ihrem Platz ...«

»Nicht nur ihr«, unterbrach Madame Flaxa sie. »Auch Tom.«

Violetta spürte, wie er zusammenzuckte.

»Der Menschenjunge muss auf die Erde zurückgehen. Alleine«, fuhr Madame Flaxa fort. »Und er muss Mummo und Leo Naddo befreien. Erst dann wird die alte Ordnung wiederhergestellt sein.«

»Irgendwie verstehe ich das alles nicht«, sagte Susa. »Was hat das denn überhaupt mit Lemuros zu tun? Und wie kann Tom auf die Erde zurück, wenn der Spiegel überhaupt nicht mehr da ist?«

»Er ist noch da«, erwiderte Konzelius Klunkex. »Er ist einfach nur unsichtbar, außer für Violetta und Engelherz.«

Violetta nickte. »Ja, ich kann ihn sehen.« Und zu Tom gewandt, sagte sie: *Hast du nicht gehört, du musst wieder zurück!*

Nein, erwiderte Tom. *Ich will nicht. Ich bleibe bei dir. Wir wer-*

den uns nie wiedersehen, wenn ich gehe. Außerdem habe ich Angst.

Vor Mario und Philipp? – Pah!, entgegnete Violetta. *Hast du denn gar nichts gelernt? Konzentrier dich auf deine Herzenskraft! Dann wirst du das Richtige tun und dann packst du die beiden mit links.*

Tom schwieg und Sir Klunkex fuhr mit seiner Erklärung fort.

»Solange Lemuros intakt und gut bewacht ist, bleibt die Menschenwelt von der Geisterwelt getrennt. Nur in ganz wenigen Ausnahmen kann ein Wechsel stattfinden. Wie zum Beispiel jetzt, da Tom noch hier und zwei von uns noch auf der Erde sind. Wenn Mummo und Leo Naddo aber erst mal in den Besitz dieses Jungen dort unten geraten, dann wird er die beiden für seine Zwecke ausnutzen und irgendwann wird er seine Habgier nicht mehr kontrollieren können. Genau so, wie es auch bei Tom gewesen ist. Und dann wird Lemuros wieder verletzlich sein. Und der Schattenmann bei der nächstbesten Gelegenheit zuschlagen ... Keine leichte Aufgabe für Violetta und Engelherz.«

Tom hatte genug gehört. Auch wenn er nicht wollte, jetzt

spürte er ganz deutlich in seinem Herzen, dass seine und Violettas Zeit abgelaufen war.
Ich mag dich auch, hörte er sie noch leise sagen, dann wurde er plötzlich mit aller Macht davongezogen. Für den Bruchteil einer Sekunde wurde es stockdunkel um ihn herum. Dann öffnete er die Augen und starrte in das Gesicht von Herrn Rosenstrupp.
»Alles in Ordnung, Tom?«
»Ja ...«, ächzte Tom. Er drehte seinen Kopf in alle Richtungen und dabei fiel sein Blick auf Mario, der noch immer am Stöpsel der Schnörkelflasche zog. »... äh ... nein.«
Im Nu war Tom auf den Beinen. Er überlegte nicht lange, sondern tat nur, was er tun musste, sprang auf Mario zu und riss ihm die Flasche aus der Hand.
»He!«, fauchte der. »Was soll das? Gib wieder her!«
Doch da hatte Tom den Stöpsel schon aus der Flasche gezogen. Eine kleine gelbe Kugel schoss heraus und ein wundervolles Licht breitete sich aus. Und dann standen Leo Naddo und Mummo plötzlich vor ihm. »Geht zurück«, sagte Tom so leise, dass niemand anderer es hören konnte. »Schnell zurück ins Geisterreich!«
Just in diesem Moment griff Mario nach der Schnörkelfla-

sche. Doch kaum hatte er seine Hand darum gelegt, verschwand sie. Genau wie die beiden Geister, die Tom nur noch einmal kurz zugezwinkert hatten.
»Lasst mich in Ruhe!«, zischte Tom. »Ein für alle Mal! Kapiert?«
Mario, der völlig entgeistert auf seine Hand glotzte, nickte wie ein Roboter.
»Hört jetzt endlich auf euch zu streiten«, mahnte Herr Rosenstrupp. »Für heute haben wir wirklich genug unangenehme Dinge erlebt.« Er sah zu Frau Mittenbach hinüber, die sich um Mieke kümmerte. »Packt eure Sachen zusammen und lasst uns zum Bergcafé gehen. Dort können wir uns dann ganz in Ruhe von diesem Schrecken erholen.«
Die Kinder schulterten ihre Rucksäcke und liefen langsam weiter. Mieke blieb ganz dicht bei ihrer Lehrerin und Herr Rosenstrupp versuchte möglichst alle im Blick zu haben. Alle bis auf Tom, der als Einziger ein paar Schritte hinter dem Lehrer ging. Plötzlich hörte er in einem kleinen struppigen Strauch am Wegrand ein leises Maunzen.
Tom duckte sich und blickte geradewegs in ein paar winzige lilafarbene Augen. »Wer bist du denn?«, murmelte er,

steckte seine Hand in den Strauch und zog eine kleine weiße Katze hervor. »Violetta?«

Nein, hörte er Engelherz' Stimme in seinem Herzen. *Nur der letzte Wunsch, den ich dir noch nicht erfüllt habe. Den Hund, das Kickboard und die Rennbahnteile musste ich leider in der Nähe des Kaufhauses stehen lassen, als ich ins Geisterreich zurückgegangen bin. Sie sind inzwischen von anderen Kindern mitgenommen worden. Aber mach dir keine Sorgen, der Hund hat jetzt ein viel netteres Herrchen als vorher.*

Tom schüttelte den Kopf. Was redete Engelherz da bloß für einen Stuss! Er nahm die kleine Katze vom Boden auf und drückte sie zärtlich an seine Brust. »Ich werde dich trotzdem Violetta nennen«, sagte er leise in ihr Ohr.

Der Bücherbär
Buntes Leseabenteuer

BEZAUBERNDE VIOLETTA

PATRICIA SCHRÖDER

Tom und die Flaschengeister
Tom kann es einfach nicht fassen: In seinem Bonbonglas wohnt ein Geist! Doch Violetta ist keineswegs freiwillig bei Tom auf der Erde gelandet. Sie ist auf der Flucht vor einer bösen Macht, die nicht nur sie und ihren Freund Engelherz tödlich bedroht...

Geisterreich in Gefahr
Für Tom ist es inzwischen gar nichts Ungewöhnliches mehr, zwei Flaschengeister zu Diensten zu haben. Violetta und Engelherz müssen Tom jeden Wunsch erfüllen. Aber die Zauberei hat leider ihre Tücken. Das muss Tom schmerzlich erfahren denn plötzlich schwebt er in Lebensgefahr!

EDITION BÜCHERBÄR

Jeder Band: Gebunden. Durchgehend farbig illustriert. 104 Seiten. Ab 8.